繡鴛鴦夢兆絳芸軒　識分定情悟梨香院

話說賈母自王夫人處回來見寶玉一日好似一日心中自是歡喜因怕將來賈政又叫他遂命人將賈政的親隨小厮頭兒喚來吩咐已後倘有會人待客諸樣的事你老爺要叫寶玉你不用上來傳話就回他說我說的一則打重了得着實將養幾個月纔走得二則他的星宿不利祭了星不見外人過了八月纔許出二門那小厮頭兒聽了領命而去賈母又命李嬤嬤襲人等來將此話說與寶玉使他放心那寶玉素日本就懶與士大夫諸男人接談又最厭峩冠禮服賀弔往還等事今日得了

這句話越發得意了不但將親戚朋友一概杜絕了而且連家庭中晨昏定省一發都隨他的便了日日只在園中遊玩坐臥不過每日一清早到賈母王夫人處走走就回來了却每日甘心爲諸丫頭充役倒也得十分消閒日月或如寶釵輩有時見機勸導反生起氣來只說好好的一個清凈潔白女子也學的吊名沽譽入了國賊祿鬼之流這總是前人無故生事立意造言原爲引導後世的鬚眉濁物不想我生不幸亦且瓊閨繡閣中亦染此風真真有負天地鍾靈毓秀之德了衆人見他如此也都不向他說正經話了獨有黛玉自幼兒不曾勸他去立身揚名所以深敬黛玉閒言少述如今且說鳳姐自見金釧兒死

後忽見幾家僕人常來孝敬他些東西又不時的來請安奉承自己倒生了疑惑不知何意這日又見人來孝敬他東西因晚間無人時笑問平兒平兒冷笑道奶奶連這個都想不起來了我猜他們的女孩兒都必是太太屋裡的丫頭如今太太屋裡有四個大的一個月一兩銀子的分例下剩的都是一個月只幾百錢如今金釧兒死了必定他們要弄這一兩銀子的窩兒呢鳳姐聽了笑道是了是了倒是你想的不錯只是這起人也太不知足錢也賺彀了苦事情又攤不着他們弄個丫頭搪塞身子兒也就罷了又要這個巧宗兒他們幾家的錢也不是容易花到我跟前的這可是他們自尋送什麽我就收什麽橫

豎我有主意鳳姐兒安下這個心所以只管躭延着等那些人把東西送足了然後乘空方回王夫人這日午間薛姨媽寶釵黛玉等正在王夫人屋裡大家吃西瓜鳳姐兒得便回王夫人道自從玉釧兒的姐姐死了太太跟前少着一個人太太或看準了那個丫頭就吩咐了下月好發放月錢王夫人聽了想了一想道依我說什麽是例必定四個五個的彀使就罷了竟可以免了罷鳳姐笑道論理太太說的也是只是原是舊例別人屋裡還有兩個呢太太倒不按例了況且省下一兩銀子也有限的王夫人聽了又想了想道也罷這個分例只管關了來不用補人就把這一兩銀子給他妹妹玉釧兒罷他姐姐伏侍了

我一場沒個好結果剩下他妹妹跟着我吃個雙分兒也不爲過鳳姐答應着回頭望著玉釧兒笑道大喜大喜玉釧兒過來磕了頭王夫人又問道正要問你如今趙姨娘周姨娘的月例多少鳳姐道那是定例每人二兩趙姨娘有環兄弟的二兩共是四兩另外四串錢王夫人道月月可都按數給他們鳳姐兒問得奇怪道怎麼不按數給呢王夫人道前兒恍惚聽見有人抱怨說短了一串錢什麼緣故鳳姐忙笑道姨娘們的丫頭月例原是人各一吊錢從舊年他們外頭商量的姨娘們每位丫頭分例減半人各五百錢每位兩個丫頭所以短了一吊錢這事其實不在我手裡我倒樂得給他們呢只是外頭扣着這裡我不過是接手兒怎麼來怎麼去由不得我做主我倒說了兩

三回仍舊添上這兩分兒爲是他們說了只有這個數兒叫我也難再說了如今我手裡給他們每月連日子都不錯先時候兒在外頭關那個月不打饑荒何曾順順溜溜的得過一遭兒呢王夫人聽說就停了半晌又問老太太屋裡幾個一兩的鳳姐道八個如今只有七個那一個是襲人王夫人道這就是了你寶兄弟也並沒有一兩的丫頭襲人還算老太太房裡的人鳳姐笑道襲人還是老太太的人不過給了寶兄弟使他這一兩銀子還在老太太的丫頭分例上領如今說因爲襲人是寶玉的人裁了這一兩銀子斷乎使不得若說再添一個人給老

太太這個還可以裁他若不裁他須得環兒弟屋裡也添上一個纔公道均勻了就是晴雯麝月他們七個大丫頭每月人各月錢一吊佳蕙他們八個小丫頭們每月人各月錢五百還是老太太的話別人也惱不得氣不得呀薛姨媽笑道你們只聽鳳丫頭的嘴倒像倒了核桃車子是的賬也清楚理也公道鳳姐笑道姑媽難道我說錯了嗎薛姨媽笑道說的何嘗錯只是你慢着些兒說不省力些鳳姐纔要笑忙又忍住了聽王夫人示下王夫人想了半日向鳳姐道明兒挑一個丫頭送給老太太使喚補襲人把襲人的一分裁了把我每月的月例二十兩銀子裡拿出二兩銀子一吊錢來給襲人去巳後凡事有趙姨

娘周姨娘的也有襲人的只是襲人的這一分都從我的分例上勻出來不必動官中的就是了鳳姐一一的答應了笑推薛姨媽道姑媽聽見了我素日說的話如何今兒果然應了薛姨媽道早就該這麼着那孩子模樣兒不用說只是他那行事兒的大方見人說話兒的和氣裡頭帶著剛硬要强倒實在難得的王夫人含淚說道你們那裡知道襲人那孩子的好處比我的寶玉還强十倍呢寶玉果然有造化能彀得他長長遠遠的伏侍一輩子也就罷了鳳姐道既這麼樣就開了臉明放他在屋裡不好王夫人道這不好一則年輕二則老爺也不許三則寶玉見襲人是他的丫頭總有放縱的事倒能聽他的勸如今

做了跟前人那襲人該勸的也不敢十分勸了如今且渾著等再過二三年再說說畢鳳姐見無話便轉身出來剛至廊簷下只見有幾個執事的媳婦子正等他回事呢見他出來都笑道奶奶今兒回什麼事說了這半天可別熱着罷鳳姐把袖子挽了幾挽跐着那角門的門檻子笑道這裡過堂風倒凉快吹一吹再走又告訴衆人道你們說我回了這半日的話太太把二百年的事都想起來問我難道我不說罷又冷笑道我從今以後倒要幹幾件刻薄事了怨抱給太太聽我也不怕糊塗油蒙了心爛了舌頭不得好死的下作娼婦們別做娘的春夢了明兒一裹腦子扣的日子還有呢如今裁了丫頭的錢就抱怨了偺們也不想想自已也配使三個丫頭一面罵一面方走了自去挑人回賈母話去不在話下却說薛姨媽等這裡吃畢西瓜又說了一回閒話兒各自散去寶釵與黛玉回至園中寶釵要約著黛玉往藕香榭去黛玉因說還要洗澡便各自散了寶釵獨自行來順路進了怡紅院意欲尋寶玉去說話兒以解午倦不想步入院中鴉雀無聞一並連兩隻仙鶴在芭蕉下都睡着了寶釵便順着游廊來至房中只見外間床上橫三豎四都是丫頭們睡覺轉過十錦槅子來至寶玉的房內寶玉在床上睡着了襲人坐在身傍手裡做針線傍邊放着一柄白犀麈寶釵走近前來悄悄的笑道你也過於小心了這個屋裡還有蒼蠅

蚊子還拿蠅刷子赶什麽襲人不防猛擡頭見是寶釵忙放針線起身悄悄笑道姑娘來了我倒不防唬了一跳姑娘不知道雖然沒有蒼蠅蚊子誰知有一種小虫子從這紗眼裡鑽進來人也看不見只睡着了咬一口就像螞蟻叮的寶釵道怨不得這屋子後頭又近水又都是香花兒這屋子裡頭又香這種虫子都是花心裡長的聞香就撲說着一面就瞧他手裡的針線原來是個白綾紅裡的兜肚上面扎着鴛鴦戲蓮的花樣紅蓮綠葉五色鴛鴦寶釵道噯喲好鮮亮活計這是誰的也值的費這麽大工夫襲人向床上努嘴兒寶釵笑道這麽大了還帶這個襲人笑道他原是不帶所以特特的做的好了叫他看見由

不得不帶如今天熱睡覺都不留神哄他帶上了就是夜裡縱蓋不嚴些兒也就罷了你說這一個就用了工夫還沒看見他身上帶的那一個呢寶釵笑道也虧你奈煩襲人道今兒做的工夫大了脖子低的怪酸的又笑道好姑娘你畧坐一坐我出去走走就來說着就走了寶釵只顧看着活計便不留心一蹲身剛剛的也坐在襲人方纔坐的那個所在因又見那個活計實在可愛不由的拿起針來就替他作不想黛玉因遇見湘雲約他來與襲人道喜二人來至院中見靜悄悄的湘雲便轉身先到廂房裡去找襲人去了那黛玉却來至窗外隔着窗紗往裡一看只見寶玉穿着銀紅紗衫子隨便睡着在床上寶釵坐

任身傍做針線傍邊放着蠅刷子黛玉見了這個景況早已呆了連忙把身子一躲半日又握着嘴笑却不敢笑出來便招手兒叫湘雲湘雲見他這般只當有什麽新聞忙也來看纔要笑忽然想起寶釵素日待他厚道便忙掩住口知道黛玉口裏不讓人怕他取笑便忙拉過他來道走罷我想起襲人來他說晌午要到池子裏去洗衣裳想必去了咱們找他去罷黛玉心下明白冷笑了兩聲只得隨他走了這裏寶釵只剛做了兩三個花瓣忽見寶玉在夢中喊罵說和尚道士的話如何信得什麽金玉姻緣我偏說木石姻緣寶釵聽了這話不覺怔了忽見襲人走進來笑道還没醒呢嗎寶釵搖頭襲人又笑道我纔碰見

林姑娘史大姑娘他們進來了麽寶釵道没見他們進來因向襲人笑道他們没告訴你什麽襲人紅了臉笑道總不過是他們那些頑話有什麽正經說的寶釵笑道今兒他們說的可不是頑話我正要告訴你呢你又忙忙的出去了一句話未完只見鳳姐打發人來叫襲人寶釵笑道就是爲那話了襲人只得叫起兩個丫頭來同着寶釵出怡紅院自往鳳姐這裏來果然是告訴他這話又教他給王夫人磕頭且不必去見賈母倒把襲人說的甚覺不好意思及見過王夫人回來寶玉已醒問起原故襲人且含糊答應至夜間人静襲人方告訴了寶玉喜不自禁又向他笑道我可看你回家去不去了那一回往家裏走

了一輛囬來就說你哥哥要贖你又說在這裡沒着落終久算什麼說那些無情無義的生分話唬我從今我可看誰來敢叫你去襲人聽了冷笑道你倒别這麼說從此以後我是太太的人了我要走連你也不必告訴只回了太太就走寶玉笑道就算我不好你回了太太去了叫别人聽見說我不好你去了你有什麼意思呢襲人笑道有什麼沒意思的難道下流人我也跟着罷再不然還有個死呢人活百歲横竪要死這口氣沒了聽不見看不見就罷了寶玉聽見這話便忙握他的嘴說道罷罷你别說這些話了襲人深知寶玉性情古怪聽見奉承吉利話又厭虛而不實聽了這些近情的實話又生悲感也後悔自已冒撞連忙笑着用話截開只揀寶玉那素日喜歡的說些春風秋月粉淡脂紅然後又說到女兒如何好不覺又說到女兒死的上頭襲人忙掩住口寶玉聽至濃快處見他不說了便笑道人誰不死只要死的好那些鬚眉濁物只聽見文死諫武死戰這二死是大丈夫的名節便只管胡鬧起來那裡知道有昏君方有死諫之臣只顧他邀名猛拚一死將來置君父於何地必定有刀兵方有死戰他只顧圖汗馬之功猛拚一死將來棄國於何地襲人不等說完便道古時候兒這些人也因出于不得已他纔死啊寶玉道那武將要是疎謀少畧的他自已無能白送了性命這難道也是不得已麼那文官更不比武官了他

念兩句書記在心裡若朝廷少有瑕疵他就胡彈亂諫邀忠烈之名倘有不合濁氣一湧即時拚死這難道也是不得已要知道那朝廷是受命於天若非聖人那天也斷斷不把這萬幾重任交代可知那些死的都是沽名釣譽並不知君臣的大義比如我此時若果有造化趁著你們都在眼前我就死了再能彀你們哭我的眼淚流成大河把我的屍首漂起來送到那鴉雀不到的幽僻去處隨風化了自此再不托生為人這就是我死的得時了襲人忽見說出這些瘋話來忙說困了不再答言那寶玉方合眼睡着次日也就丟開一日寶玉因各處游的膩煩便想起牡丹亭曲子來自己看了兩遍猶不愜懷因聞得梨香

院的十二個女孩兒中有個小旦齡官唱的最好因出了角門來找時只見葵官藕官都在院內見寶玉來了都笑迎讓坐寶玉因問齡官在那裡都告訴他說在他屋裡呢寶玉忙至他屋內只見齡官獨自躺在枕上見他進來動也不動寶玉身傍坐下因素昔與別的女孩子頑慣了的只當齡官也和別人一樣遂近前陪笑央他起來唱一套裊晴絲不想齡官見他坐下忙抬起身來躲避正色說道嗓子啞了前兒娘娘傳進我們去我還沒有唱呢寶玉見他坐正了再一細看原來就是那日薔薇花下畫薔字的那一個又見如此景況從來未經過這樣被人棄厭自己便訕訕的紅了臉只得出來了藕官等不解何故因

問其所以寶玉便告訴了他寶官笑說道只畧等一等薔二爺來了他叫唱是必唱的寶玉聽了心下納悶因問薔哥兒那裡去了寶官道纔出去了一定就是齡官兒要什麼他去變弄去了寶玉聽了以爲奇特少站片時果見賈薔從外頭來了手裡提着個雀兒籠子上面扎着小戲臺並一個雀兒興興頭頭往裡來找齡官見了寶玉只得站住寶玉問他是個什麼雀兒賈薔笑道是個玉頂兒還會啣旗串戲寶玉道多少錢買的賈薔道一兩八錢銀子一面說一面讓寶玉坐自己往齡官屋裡來寶玉此刻把聽曲子的心都沒了且要看他和齡官是怎麼樣只見賈薔進去笑道你來瞧這個頑意兒齡官起身問是什麼

賈薔道買了個雀兒給你頑省了你天天兒發悶我先頑個你瞧瞧說着便拿些穀子哄的那個雀兒果然在那戲臺上啣着鬼臉兒和旗幟亂串衆女孩子都笑了獨齡官冷笑兩聲賭氣仍睡着去了賈薔還只管陪笑問他好不好齡官道你們家把好好兒的人弄了來關在這牢坑裡學這個還不算你這會子又弄個雀兒來也幹這個浪事你分明弄了來打趣形容我們還問好不好賈薔聽了不覺站起來連忙賭神起誓又道今兒我那裡的糊塗油蒙了心費一二兩銀子買他原說解悶兒就沒想到這上頭罷了放了生倒也免你的災說着果然將那雀兒放了一頓把將籠子拆了齡官還說那雀兒雖不如人他

也有個老雀兒在窩裡你拿了他來弄這個勞什子也忍得今兒我咳嗽出兩口血來太太打發人來找你叫你請大夫來細問問你且弄這個來取笑兒偏是我這沒人管沒人理的又偏愛害病賈薔聽說連忙說道昨兒晚上我問了大夫他說不相干吃兩劑藥後兒再瞧誰知今兒又吐了這會子就請他去說着便要請去齡官又叫站住這會子大毒日頭地下你賭氣去請了來我也不瞧賈薔聽如此說只得又站住寶玉見了這般景況不覺痴了這纔領會過畫薔深意自己站不住便抽身走了賈薔一心都在齡官身上竟不曾理會倒是別的女孩子送出來了那寶玉一心裁奪盤算痴痴的回至怡紅院中正值黛

玉和襲人坐着說話兒呢寶玉一進來就和襲人長嘆說道我昨兒晚上的話竟說錯了怪不得老爺說我是管窺蠡測昨夜說你們的眼淚單葬我這就錯了看來我竟不能全得從此後只好各人得各人的眼淚罷了襲人只道昨夜不過是些頑話已經忘了不想寶玉又提起來便笑道你可真真有些個瘋了寶玉默默不對自此深悟人生情緣各有分定只是每每暗傷不知將來葬我灑淚者爲誰且說黛玉當下見寶玉如此形像便知是又從那裡着了魔來也不便多問因說道我纔在舅母跟前聽見說明兒是薛姨媽的生日叫我順便來問你出去不出去你打發人前頭說一聲去寶玉道上回連大老爺的生日

我也没去這會子我又去倘或碰見了人呢我一概都不去這麼怪熱的又穿衣裳我不去姨媽也未必惱襲人忙道這是什麼話他比不得大老爺這裡又住的近又是親戚你不去豈不叫他思量你怕熱就清早起來到那裡磕個頭吃鍾茶再來豈不好看寶玉尚未說話黛玉便先笑道你看著人家趕蚊子的分上也該去走走寶玉不解忙問怎麼趕蚊子襲人便將昨日睡覺無人作伴寶姑娘坐了一坐的話告訴寶玉寶玉聽了忙說不該我怎麼睡著了就褻瀆了他一面又說明日必去正說着忽見湘雲穿得齊齊整整的走來辭說家裡打發人來接他寶玉黛玉聽說忙站起來讓坐湘雲也不坐寶黛兩個只得送他至前面那湘雲只是眼淚汪汪的見有他家的人在跟前又不敢十分委屈少時寶釵趕來愈覺繾綣難捨還是寶釵心內明白他家裡人若回去告訴了他嬸娘待他家去了又恐怕他受氣因此倒催着他走了衆人送至二門前寶玉還要往外送他倒是湘雲攔住了一時回身又叫寶玉到跟前悄悄的囑咐道就是老太太想不起我來你時常提着好等老太太打發人接我去寶玉連連答應了眼看著他上車去了大家方纔進來要知端底且看下回分解

紅樓夢第三十六回終

紅樓夢第三十七回

秋爽齋偶結海棠社　蘅蕪院夜擬菊花題

話說史湘雲回家後寶玉等仍不過在園中嬉遊吟咏不題且說賈政自元妃歸省之後居官更加勤慎以期仰答皇恩皇上見他人品端方風聲清肅雖非科第出身却是書香世代因特將他點了學差也無非是選拔真才之意這賈政只得奉了旨擇于八月二十日起身是日拜別過宗祠及賈母便起身而去寶玉等如何送行以及賈政出差外面諸事不及細述單表寶玉自賈政起身之後每日在園中任意縱性遊蕩真把光陰虛度歲月空添這日甚覺無聊便往賈母王夫人處來混了一混

仍舊進園來了剛換了衣裳只見翠墨進來手裡拿着一副花箋送與他看寶玉因道可是我忘了纔要瞧瞧三妹妹去你來的正好可好些了翠墨道姑娘好了今兒也不吃藥了不過是冷著一點兒寶玉聽說便展開花箋看時上面寫道

妹探謹啟

二兄文几前夕新霽月色如洗因惜清景難逢未忍就臥漏已三轉猶徘徊桐檻之下竟為風露所欺致獲採薪之患昨蒙勞撫囑已復遣侍兒問切兼以鮮荔並真卿墨蹟見賜抑何惠愛之深耶今因伏几處默忽思歷來古人處名攻利奪之場猶置些山滴水之區遠招近揖投轄攀轅

務結二三同志盤桓其中或豎詞壇或開吟社雖因一時之偶興每成千古之佳談妹雖不才幸叨陪泉石之間兼慕薛林雅調風庭月榭惜未讌集詩人帘杏溪桃或可醉飛吟盞孰謂雄才蓮社獨許鬚眉不教雅會東山讓余脂粉耶若蒙造雪而來敢請掃花以俟謹啟

寶玉看了不覺喜的拍手笑道倒是三妹妹高雅我如今就去商議一面說一面就走翠墨跟在後面剛到了沁芳亭只有園中後門上值日的婆子手裡拿着一個字帖兒走來見了寶玉便迎上去口內說道芸哥兒請安在後門等着呢這是叫我送來的寶玉打開看時寫道

不肖男芸恭請

父親大人萬福金安男思自蒙

天恩認於膝下日夜思一孝順竟無可孝順之處前因買辦花草上托大人洪福竟認得許多花兒匠並認得許多名園前因忽見有白海棠一種不可多得故變盡方法只弄得兩盆大人若視男是親男一般便留下賞玩因天氣暑熱恐園中姑娘們防礙不便故不敢面見謹奉書

恭啟並叩

台安男芸跪書一笑

寶玉看了笑問道他獨來了還有什麼人婆子道還有兩盆花

見寶玉道你出去說我知道了難爲他想着你就把花兒送到我屋裡去就是了一面說一面同翠墨往秋爽齋來只見寳釵黛玉迎春惜春已都在那裡了衆人見他進來都大笑說又來了一個探春笑道我不算俗偶然起了個念頭寫了幾個帖兒試一試誰知一招皆到寳玉笑道可惜遲了早該起個社的黛玉說道此時還不算遲也沒什麼可惜但只你們只管起社可別算我我是不敢的迎春笑道你不敢誰還敢呢寳玉道這是一件正經大事大家鼓舞起來別你謙我讓的各有主意只管說出來大家評論寳姐姐也出個主意林妹妹也說句話兒寳釵道你忙什麼人還不全呢一語未了李紈也來了進門笑道

雅的狠哪要起詩社我自舉我掌壇前兒春天我原有這個意思的我想了一想我又不會做詩瞎鬧什麼因而也忘了就沒有說既是三妹妹高興我就幫着你作興起來黛玉道既然定要起詩社偺們就是詩翁了先把這些姐妹叔嫂的字樣改了纔不俗李紈道極是何不起個别號彼此稱呼倒雅我是定了稻香老農再無人占的探春笑道我就是秋爽居士罷寳玉道居士主人到底不雅又累贅這裡梧桐芭蕉儘有或指桐蕉起個倒好探春笑道有了我却愛這芭蕉就稱蕉下客罷衆人都道别緻有趣黛玉笑道你們快牽了他來燉了肉脯子來吃酒衆人不解黛玉笑道莊子說的蕉葉覆鹿他自稱蕉下客可不

是一隻鹿麽快做了鹿脯來衆人聽了都笑起來探春因笑道你又使巧話來駡人你別忙我已替你想了個極當的美號了又向衆人道當日娥皇女英洒淚竹上成斑故今斑竹又名湘妃竹如今他住的是瀟湘館他又愛哭將來他那竹子想來也是要變成斑竹的以後都叫他做瀟湘妃子就完了大家聽說都拍手叫妙黛玉低了頭也不言語李紈笑道我替薛大妹妹也早已想了個好的也只三個字衆人忙問是什麽李紈道我是封他爲蘅蕪君不知你們以爲如何探春道這個封號極好寶玉道我呢你們也替我想一個寶釵笑道你的號早有了無事忙三字恰當得狠李紈道你還是你的舊號絳洞花主就是了寶玉笑道小時候幹的營生還提他做什麽寶釵道還是我送你個號罷有最俗的一個號却於你最當天下難得的是富貴又難得的是閒散這兩樣再不能兼不想你兼有了就叫你富貴閒人也罷了寶玉笑道當不起當不起倒是隨你們混叫去罷黛玉道混叫如何使得你旣住怡紅院索性叫怡紅公子不好衆人道也好李紈道二姑娘四姑娘起個什麽迎春道我們又不大會詩白起個號做什麽探春道雖如此也起個纔是寶釵道他住的是紫菱洲就叫他菱洲四丫頭在藕香榭就叫他藕榭就完了李紈道就是這樣好但序齒我大你們都要依我的主意管教說了大家合意我們七個人起社我和二姑娘

四姑娘都不會做詩須得讓出我們三個人去我們三個人各分一件事探春笑道已有了號還只管這樣稱呼不如不有了以後錯了也要立個罰約纔好李紈道立定了社再定罰約我那裡地方兒大竟在我那裡作社我雖不能做詩這些詩人竟不厭俗客我做個東道主人我自然也清雅起來了還要推我做社長我一個社長自然不彀必要再請兩位副社長就請菱洲藕榭二位學究來一位出題限韻一位謄錄監塲亦不可囿定了我們三個不做若遇見容易些的題目韻脚我們也隨便做一首你們四個却是要限定的是這麽着就起若不依我我也不敢附驥了迎春惜春本性懶於詩詞又有薛林在前聽了

這話深合己意二人皆說是極探春等也知此意見他二人悅服也不好相强只得依了因笑道這話罷了只是自想好笑好好兒的我起了個主意反叫你們三個管起我來了寶玉道既這樣偺們就往稻香村去李紈道都是你忙今日不過商議了等我再請寶釵道也要議定幾日一會纔好探春道若只管會多了又没趣兒了一月之中只可兩三次寶釵說道一月只要兩次就彀了擬定日期風雨無阻除這兩日外倘有高興的他情愿加一社或請到他那裡去或附就了来也使得豈不活潑有趣衆人都道這個主意更好探春道這原是我起的意我須得先做個東道方不負我這番高興李紈道既這樣說明日你

就先開一社不好嗎探春道明日不如今日就是此刻好你就出題菱洲限韻藕榭監塲迎春道依我說也不必隨一人出題限韻竟是拈鬮兒公道李紈道方纔我來時看見他們抬進兩盆白海棠來倒很好你們何不就咏起他來呢迎春道都還未賞先倒做詩寶釵道不過是白海棠又何必定要見了纔做古人的詩賦也不過都是寄興寓情要等見了做如今也沒這些詩了迎春道這麼着我就限韻了說着走到書架前抽出一本詩來隨手一揭這首詩竟是一首七言律遞與衆人看了都該做七言律迎春掩了詩又向一個小丫頭道你隨口說個字來那丫頭正倚門站着便說了個門字迎春笑道就是門字韻十

三元了起頭一個韻定要門字說着又要了韻牌匣子過來抽出十三元一屜又命那丫頭隨手拿四塊那丫頭便拿了盆魂痕昏四塊來寶玉道這盆門兩個字不大好做呢侍書一樣預備下四分紙筆便都悄然各自思索起來獨黛玉或撫弄梧桐或看秋色或又和丫鬟們嘲笑迎春又命丫鬟點了一枝夢甜香原來這夢甜香只有三寸來長有燈草粗細以其易燼故以此為限如香燼未成便要受罰一時探春便先有了自己提筆寫出又改抹了一回遞與迎春因問寶釵蘅蕪君你可有了寶釵道有却有了只是不好寶玉背著手在迴廊上踱來踱去因向黛玉說道你聽他們都有了黛玉道你別管我寶玉又見寶

釵已謄寫出来因說道了不得香只剩下一寸了我纔有了四句又向黛玉道香要完了只管蹲在那潮地下做什麽黛玉也不理寶玉道我可顧不得你了管他好歹寫出来罷說着走到案前寫了李紈道我們要看詩了若看完了還不交卷是必罰的寶玉道稻香老農雖不善作却善看又最公道你的評閱我們是都服的衆人點頭於是先看探春的稿上寫道

咏白海棠

斜陽寒草帶重門苔翠盈鋪雨後盆玉是精神難比潔雪爲肌骨易銷魂芳心一點嬌無力倩影三更月有痕莫道縞仙能羽化多情伴我咏黄昏

大家看了稱賞一回又看寶釵的道

珍重芳姿晝掩門自攜手甕灌苔盆胭脂洗出秋堦影冰雪招来露砌魂淡極始知花更艷愁多焉得玉無痕欲償白帝宜清潔不語婷婷日又昏

李紈笑道到底是蘅蕪君說着又看寶玉的道

秋容淺淡映重門七節攢成雪滿盆出浴太真冰作影捧心西子玉爲魂曉風不散愁千點宿雨還添淚一痕獨倚畫欄如有意清砧怨笛送黄昏

大家看了寶玉說探春的好李紈終要推寶釵這詩有身分因又催黛玉黛玉道你們都有了說着提筆一揮而就擲與衆人

李紈等看他寫的道

半捲湘簾半掩門　碾氷爲土玉爲盆

看了這句寶玉先喝起彩來說從何處想来又看下面道

偷來梨蕊三分白　借得梅花一縷魂

衆人看了也都不禁叫好說果然比別人又是一樣心腸又看下面道

月窟仙人縫縞袂　秋閨怨女拭啼痕　嬌羞默默同誰訴　倦倚西風夜已昏

衆人看了都道是這首爲上李紈道若論風流別致自是這首若論含蓄渾厚終讓蘅稿探春道這評的有理瀟湘妃子當居第二李紈道怡紅公子是壓尾你服不服寶玉道我的那首原不好這評的最公又笑道只是蘅瀟二首還要斟酌李紈道原是依我評論不與你們相干再有多說者必罰寶玉聽說只得罷了李紈道從此後我定于每月初二十六這兩日開社出題限韻都要依我這其間你們有高興的只管另擇日子補開那怕一個月每天都開社我也不管只是到了初二十六這兩日是必往我那裡去寶玉道到底要起個社名纔是探春道俗了又不好忒新了刁鑽古怪也不好可巧纔是海棠詩開端就叫個海棠詩社罷雖然俗些因眞有此事也就不得了說畢大家又商議了一回略用些酒果方各自散去也有回家的也有往

賈母王夫人處去的當下無話且說襲人因見寶玉看了字帖兒便慌慌張張同翠墨去了也不知何事後來又見後門上婆子送了兩盆海棠花來襲人問那裡來的婆子們便將前番緣故說了襲人聽說便命他們擺好讓他們在下房裡坐了自已走到屋裡稱了六錢銀子封好又拿了三百錢走來都遞給那兩個婆子道這銀子賞那抬花兒的小子們這錢你們打酒喝罷那婆子們站起來眉開眼笑千恩萬謝的不肯受見襲人執意不收方領了襲人又道後門上外頭可有該班的小子們婆子忙應道天天有四個原預備裡頭差使的姑娘有什麼差使我們吩咐去襲人笑道我有什麼差使今兒寶二爺要打發人

到小侯爺家給史大姑娘送東西去可巧你們來了順便出去叫後門上小子們僱輛車來回來你們就往這裡拿錢不用叫他們往前頭混碰去婆子答應着去了襲人回至房中拿碟子盛東西與湘雲送去却見槅子上碟子槽兒空着因回頭見晴雯秋紋麝月等都在一處做針黹襲人問道那個纏絲白瑪瑙碟子那裡去了衆人見問你看我我看你都想不起來半日晴雯笑道給三姑娘送荔枝去了還沒送來呢襲人道家常送東西的傢伙多着呢巴巴兒的拿這個晴雯道我也這麼說但只那碟子配上鮮荔枝纔好看我送去三姑娘也見了說好看連碟子放着就沒帶來你再瞧那槅子儘上頭的一對聯珠瓶還

沒收來呢秋紋笑道提起這瓶來我又想起笑話兒來了我們寶二爺說聲孝心一動也孝敬到二十分那日見園裡桂花折了兩枝原是自已要插瓶的忽然想起來說這是自已園裡纔開的新鮮花兒不敢自已先頑巴巴兒的把那對瓶拿下來親自灌水插好了叫個人拿著親自送一瓶進老太太又進一瓶給太太誰知他孝心一動連跟的人都得了福了可巧那日是我拿去的老太太見了喜的無可不可見人就說到底是寶玉孝順我連一枝花兒也想的到別人還只抱怨我疼他你們知道老太太素日不大和我說話有些不入他老人家的眼那日竟叫人拿幾百錢給我說我可憐見兒的生的單弱這可是再

想不到的福氣幾百錢是小事難得這個臉面及至到了太太那裡太太正和二奶奶趙姨奶奶好些人翻箱子找太太當日年輕的顏色衣裳不知要給那一個一見了連衣裳也不找了且看花兒又有二奶奶在傍邊湊趣兒誇寶二爺又是怎麽孝順又是怎麽知好歹有的沒的說了兩車話當着衆人太太臉上又增了光堵了衆人的嘴太太越發喜歡了現成的衣裳就賞了我兩件衣裳也是小事年年橫竪也得却不像這個彩頭晴雯笑道呸好没見世面的小蹄子那是把好的給了人挑剩下的纔給你你還充有臉呢秋紋道憑他給誰剩的到底是太太的恩典晴雯道要是我我就不要若是給別人剩的給我也

罷了一樣這屋裡的人難道誰又比誰高貴些把好的給他剩的纔給我我寧可不要冲撞了太太我也不受這口氣秋紋忙問道給這屋裡誰的我因爲前日病了幾天家去了不知是給誰的好姐姐你告訴我知道晴雯道我告訴了你難道你這會子退還太太去不成秋紋笑道胡說我白聽了喜歡喜歡那怕給這屋裡的狗剩下的我只領太太的恩典也不管別的事衆人聽了都笑道罵的巧可不是給了那西洋花點子哈巴兒了襲人笑道你們這起爛了嘴的得空兒就拿我取笑打牙兒一個個不知怎麼死呢秋紋笑道原來姐姐得了我實在不知道我陪個不是罷襲人笑道少輕狂罷你們誰取了碟子來是正

經麝月道那瓶也該得空兒收來了老太太屋裡還罷了太太屋裡人多手雜別人還可已那個主兒的一夥子人見是這屋裡的東西又該使黑心弄壞了纔罷太太又不大管這些不如且收來是正經晴雯聽說便放下針線道這是等我取去呢秋紋道還是我取去罷你取你的碟子去晴雯道我偏取一遭兒是巧宗兒你們都得了難道不許我得一遭兒麝月笑道統共秋丫頭得了一遭兒衣裳那裡今兒又巧你也遇見找衣裳不成晴雯冷笑道雖然碰不見衣裳或者太太看見我勤謹一北太太的公費裡一個月分出二兩銀子來給我也定不得說着又笑道你們別和我粧神弄鬼的什麼事我不知道一面說

一面往外跑了秋紋也同他出來自去探春那裡取了碟子來襲人打點齊備東西叫過本處的一個老宋媽媽來向他說道你去好生梳洗了換了出門的衣裳來回來打發你給史大姑娘送東西去宋媽媽道姑娘只管交給我有話說與我我收拾了就好一順去襲人聽說便端過兩個小攝絲盒子來先揭開一個裡面裝的是紅菱雞頭兩樣鮮菓又揭開那個是一碟子桂花糖蒸的新栗粉糕又說道這都是今年偺們這裡園裡新結的菓子寶二爺送來給姑娘嚐嚐再前日姑娘說這瑪瑙碟子好姑娘就留下頑罷這絹包兒裡頭是姑娘前日叫我做的活計姑娘别嫌粗糙將就着用罷替二爺問好替我們請安就是了宋媽媽道寶二爺不知還有什麼說的姑娘再問問去回來别又說忘了襲人因問秋紋方纔可是在三姑娘那裡麼秋紋道他們都在那裡商議起什麼詩社呢又是做詩想來没話下去罷宋媽媽聽了便拿了東西出去穿戴了襲人又囑咐他你打後門去有小子和車等著呢宋媽媽去了不在話下

一時寶玉回來先忙着看了一回海棠至屋裡告訴襲人起詩社的事襲人也把打發宋媽媽給史湘雲送東西去的話告訴了寶玉寶玉聽了拍手道偏忘了他我只覺心裡有件事只是想不起來虧你提起來正要請他去這詩社裡要少了他還有個什麼意思襲人勸道什麼要緊不過頑意兒他比不得你們

自在家裡又作不得主兒告訴他他要來又由不得他要不來他又牽腸掛肚的沒的叫他不受用寶玉道不妨事我回老太太打發人接他去正說著宋媽媽已經回來道生受給襲人道乏又說問二爺做什麼呢我說和姑娘們起什麼詩社做詩呢史姑娘道他們做詩也不告訴他去急的了不得寶玉聽了轉身便往賈母處來立逼着叫人接去賈母因說今兒天晚了明日一早去寶玉只得罷了回來悶悶的次日一早便又往賈母處來催逼人接去直到午後湘雲纔來了寶玉方放了心見面時就把始末原由告訴他又要與他詩看李紈等因說道且別給他看先說給他韻腳他後來的先罰他和了詩要好就請入

社要不好還要罰他一個東道兒再說湘雲笑道你們忘了請我我還要罰你們呢就拿韻來我雖不能只得勉強出醜容我入社掃地焚香我也情願眾人見他這般有趣越發喜歡都埋怨昨日怎麼忘了他呢遂忙告訴他詩韻湘雲一心興頭等不得推敲刪改一面只管和人說着話心內早已和成即用隨便的紙筆錄出先笑說道我却依韻和了兩首好歹我都不知不過應命而已說着遞與眾人眾人道我們四首也算想絕了再一首也不能了你倒弄了兩首那裡有許多話說必要重了我們的一面說一面看時只見那兩首詩寫道

白海棠和韻

神仙昨日降都門種得藍田玉一盆自是霜娥偏愛冷非關倩女欲離魂。秋陰捧出何方雪雨漬添來隔宿痕却喜詩人吟不倦肯令寂寞度朝昏

其二

蘅芷階通蘿薜門也宜牆角也宜盆花因喜潔難尋偶人悲秋易斷魂玉燭滴乾風裏淚晶簾隔破月中痕幽情向嫦娥訴無那虛廊月色昏

衆人看一句驚訝一句看到了讚到了都說這個不枉做了海棠詩眞該要起海棠社了湘雲道明日先罰我個東道兒就讓我先邀一社可使得衆人道這更妙了因又將昨日的詩與他評論了一回至晚寶釵將湘雲邀往蘅蕪苑去安歇湘雲燈下計議如何設東擬題寶釵聽他說了半日皆不妥當因向他說道既開社就要作東雖然是個頑意兒也要瞻前顧後又要自己便宜又要不得罪了人然後方大家有趣你家裏你又做不得主一個月統共那幾吊錢你還不彀使這會子又幹這沒要緊的事你嬸娘聽見了越發抱怨你了況且你就都拿出來做這個東也不彀難道爲這個家去要不成還是和這裏要呢一席話提醒了湘雲倒躊躇起來寶釵道這個我已經有個主意了我們當鋪裏有個夥計他們地裏出的好螃蟹前兒送了幾個來現在這裏的人從老太太起連上屋裏的人有多一半都

是愛吃螃蟹的前日姨娘還說要請老太太在園裡賞桂花吃螃蟹因爲有事還沒有請你如今且把詩社別提起只普同一請等他們散了咱們有多少詩做不得的我和我哥哥說要他幾簍極肥極大的螃蟹來再往鋪子裡取上幾罈好酒來再備四五桌菓碟子豈不又省事又大家熱鬧呢湘雲聽了心中自是感服極讚想的週到寶釵又笑道我是一片真心爲你的話你可別多心想着我小看了你咱們兩個就白好了你要不多心我就好叫他們辦去湘雲忙笑道好姐姐你這麼說倒不是真心待我了我憑怎麼糊塗連個好歹也不知還是個人嗎我要不把姐姐當親姐姐待上回那些家常煩難事我也不肯盡

情告訴你了寶釵聽說便喚一個婆子來出去和大爺說照前日的大螃蟹要幾簍來明日飯後請老太太姨娘賞桂花你說大爺好歹別忘了我今兒已經請下人了那婆子出去說明回來無話這裡寶釵又向湘雲道詩題也別過於新巧了你看古人中那裡有那些刁鑽古怪的題目和那極險的韻呢若題目過於新巧韻過於險再不得好詩倒小家子氣詩固然怕說熟話然也不可過於求生頭一件只要主意清新措詞就不俗了究竟這也算不得什麼還是紡績針黹是你我的本等一時閒了倒是把那於身心有益的書看幾章却還是正經湘雲只答應着因笑道我心裡想着昨日做了海棠詩我如今要做個菊

花詩如何寶釵道菊花倒也合景只是前人太多了湘雲道我也是這麼想着恐怕落套寶釵想了一想說道有了如今以菊花爲賓以人爲主竟擬出幾個題目來都要兩個字一個虛字一個實字實字便用菊字虛字便用通用門的如此又是咏菊又是賦事前人雖有這麼做的還不很落套賦景咏物兩關着也倒新鮮大方湘雲笑道狠好只是不知用什麼虛字纔好你先想一個我聽聽寶釵想了一想笑道菊夢就好湘雲笑道果然好我也有一個菊影可使得寶釵道也罷了只是也有人做過若題目多這個也搭的上我又有了一個湘雲道快說出來寶釵道問菊如何湘雲拍案叫妙因接說道我也有了訪菊好不好寶釵也讚有趣因說道索性擬出十個來寫上再來說着二人研墨蘸筆湘雲便寫寶釵便念一時凑了十個湘雲看了一遍又笑道十個還不成幅索性凑成十二個就全了也和人家的字畫冊頁一樣寶釵聽說又想了兩個一共凑成十二個說道既這麼着一發編出個次序來湘雲道更妙竟弄成個菊譜了寶釵道起首是憶菊憶之不得故訪第二是訪菊訪之既得便種第三是種菊種既盛開故相對而賞第四是對菊相對而興有餘故折來供瓶爲玩第五是供菊既供而不吟亦覺菊無彩色第六便是咏菊既入詞章不可以不供筆墨第七便是畫菊既然畫菊若是默默無言究竟不知菊有何妙處不禁有

所問第八便是問菊菊若能解語使人狂喜不禁便越要親近他第九竟是簪菊如此人事雖盡猶有菊之可咏者菊影菊夢二首續在第十第十一末卷便以殘菊總收前題之感這便是三秋的妙景妙事都有了湘雲依言將題錄出又看了一回又問該限何韻寶釵道我平生最不喜限韻分明有好詩何苦爲韻所縛偺們別學那小家派只出題不拘韻原爲大家偶得了好句取樂並不爲以此難人湘雲道這話狠是旣這樣自然大家的詩還進一層但只偺們五個人這十二個題目難道每人作十二首不成寶釵道那也太難人了將這題目謄好都要七言律詩明日貼在牆上他們看了誰能那一個就做那一個有

力量者十二首都做也可不能的作一首也可高才捷足者爲尊若十二首已全便不許他赶着又做罰他便完了湘雲道這也罷了二人商議妥貼方纔息燈安寢要知端底下回分解

紅樓夢第三十七回終

紅樓夢第三十八回

林瀟湘魁奪菊花詩　薛蘅蕪諷和螃蟹咏

話說寶釵湘雲計議已定一宿無話次日湘雲便請賈母等賞桂花賈母等都說道倒是他有興頭須要擾他這雅興至午果然賈母帶了王夫人鳳姐兼請薛姨媽等進園來賈母因問那一處好王夫人道憑老太太愛在那一處就在那一處鳳姐道藕香榭已經擺下了那山坡下兩顆桂花開的又好河裡的水又碧清坐在河當中亭子上不敞亮嗎看看水眼也清亮賈母聽了說很好說着引了衆人往藕香榭來原來這藕香榭蓋在池中四面有窗左右有迴廊也是跨水接峰後面又有曲折橋

衆人上了竹橋鳳姐忙上來攙着賈母口裡說道老祖宗只管邁大步走不相干這竹子橋規矩是硌吱硌吱的一時進入榭中只見欄杆外另放着兩張竹案一個上面設着杯箸酒具一個上頭設着茶筅茶盂各色盞碟那邊有兩三個丫頭煽風爐煮茶這邊另有幾個丫頭也煽風爐燙酒呢賈母忙笑問這茶想的很好且是地方東西都干凈湘雲笑道這是寶姐姐帮着我預偹的賈母道我說那孩子細緻凡事想的妥當一面說一面又看見柱子上掛的黑漆嵌蚌的對子命湘雲念道

芙蓉影破歸蘭槳　菱藕香深瀉竹橋

賈母聽了又抬頭看匾因回頭向薛姨媽道我先小時家裡也

有這麼一個亭子叫做什麼枕霞閣我那時也只像他們姊妹們這麼大年紀同着幾個人天天頑去誰知那日一下子失了脚掉下去幾乎沒淹死好容易救上來了到底叫那木釘把頭碰破了如今這鬢角上那指頭頂兒大的一個坑兒就是那碰破的衆人都怕經了水冒了風說了不得了誰知竟好了鳳姐不等人說先笑道那時要活不得如今這麼大福可叫誰享呢可知老祖宗從小兒福壽就不小神差鬼使碰出那個坑兒來好盛福壽啊壽星老兒頭上原是個坑兒因爲萬福萬壽盛滿了所以倒凸出些來了未及說完賈母和衆人都笑軟了賈母笑道這猴兒慣的了不得了拿着我也取起笑兒來了恨的我撕

你那油嘴鳳姐道回來吃螃蟹怕存住冷在心裡慪老祖宗笑笑兒就是高興多吃兩個也無妨了賈母笑道明日叫你黑家白日跟着我我倒常笑笑兒也不許你回屋裡去王夫人笑道老太太因爲喜歡他纔慣的這麼樣還這麼說他明兒越發沒理了賈母笑道我倒喜歡他這麼着況且他又不是那真不知高低的孩子家常沒人娘兒們原該說說笑笑橫豎大禮不錯就罷了沒的倒叫他們神鬼是的做什麼說着一齊進入亭子獻過茶鳳姐忙着放盃筯上面一桌賈母薛姨媽寶釵黛玉寶玉東邊一桌湘雲王夫人迎探惜西邊靠門一小桌李紈和鳳姐虛設坐位二人皆不敢坐只在賈母王夫人兩桌上伺候鳳

姐吩咐螃蟹不可多拿来仍舊放在蒸籠裡拿十個來吃了再拿一面又要水洗了手站在賈母跟前剝蟹肉頭次讓薛姨媽薛姨媽道我自已掰着吃香甜不用人讓鳳姐便奉與賈母二次的便與寶玉又說把酒燙得滚熱的拿来又命小丫頭們去取菊花葉兒桂花蕊燻的菉豆麵子預備着洗手湘雲陪着吃了一個便下坐來讓人又出至外頭命人盛兩盤子給趙姨娘送去又見鳳姐走来道你張羅不慣你吃你的去我先替你張羅等散了我再吃湘雲不肯又命人在那邊廊上擺了兩席讓鴛鴦琥珀彩霞彩雲平兒去坐鴛鴦因向鳳姐笑道二奶奶在這裡伺候我可吃去了鳳姐兒道你們只管去都交給我就是

了說着湘雲仍入了席鳳姐和李紈也胡亂應了個景兒鳳姐仍舊下来張羅一時出至廊上鴛鴦等正吃得高興見他來了鴛鴦等站起來道奶奶又出來做什麽讓我們也受用一會子鳳姐笑道鴛鴦小蹄子越發壞了我替你當差倒不領情還抱怨我還不快斟一鍾酒來我喝呢鴛鴦笑着忙斟了一杯酒送至鳳姐唇邊鳳姐一挺脖子喝了琥珀彩霞二人也斟上一盃送至鳳姐唇邊那鳳姐也吃了平兒早剔了一殼黃子送來鳳姐道多倒些薑醋一面也吃了笑道你們坐着吃罷我可去了鴛鴦笑道好沒臉吃我們的東西鳳姐兒笑道你少和我作怪你知道你璉二爺愛上了你要和老太太討了你做小老婆呢鴛

鴦紅了臉咂著嘴點着頭道哎這也是做奶奶說出來的話我不拿腥手抹你一臉筭不得說着趕起來就要抹鳳姐道好姐姐饒我這遭兒罷琥珀笑道鴛丫頭要去了平丫頭還饒他你們看看他沒吃兩個螃蟹到喝了一碟子醋了平兒手裡正剝了個滿黃螃蟹聽如此奚落他便拿着螃蟹照琥珀臉上來抹口内笑駡我把你這嚼舌根的小蹄子兒琥珀也笑着往傍邊一躲平兒使空了往前一撞恰恰的抹在鳳姐腮上鳳姐正和鴛鴦嘲笑不防嚇了一跳噯喲了一聲衆人掌不住都哈哈的大笑起來鳳姐也禁不住笑罵道死娼婦吃離了眼了混抹你娘的平兒忙赶過來替他擦了親自去端水鴛鴦道阿彌陀佛

這纔是現報呢賈母那邊聽見一疊連聲問見了什麽了這麽樂告訴我們也笑笑鴛鴦等忙高聲笑回道二奶奶來搶螃蟹吃平兒惱了抹了他主子一臉螃蟹黄子主子奴才打架呢賈母和王夫人等聽了也笑起來賈母笑道你們看他可憐見兒的那小腿子臍子給他點子吃罷鴛鴦等笑著答應了高聲的說道這滿桌子的腿子二奶奶只管吃就是了鳳姐笑着洗了臉走來又伏侍賈母等吃了一回黛玉弱不敢多吃只吃了一點夾子肉就下來了賈母一時也不吃了大家都洗了手也有看花的也有弄水看魚的遊玩了一回王夫人因問賈母這裡風大纔又吃了螃蟹老太太還是回屋裡去歇歇罷若高興明

日再來逛逛賈母聽了笑道正是呢我怕你們高興我走了又怕掃了你們的興旣這麼說偺們就都去罷回頭囑咐湘雲別讓你寶哥哥多吃了湘雲答應着又囑咐湘雲寶釵二人說你們兩個也別多吃了那東西雖好吃不是什麼好的吃多了肚子疼二人忙應着送出園外仍舊回來命將殘席收拾了另擺寶玉道也不用擺偺們且做詩把那大團圓桌子放在當中酒菜都放着也不必拘定坐位有愛吃的去吃大家散坐豈不便宜寶釵道這話極是湘雲道雖這麼說還有別人因又命另擺一桌揀了熱螃蟹來請襲人紫鵑司棋侍書入畫鶯兒翠墨等一處共坐山坡桂樹底下鋪下兩條花毯命支應的婆子並小

丫頭等也都坐了只管隨意吃喝等使喚再來湘雲便取了詩題用針綰在墻上衆人看了都說新奇只怕做不出來湘雲又把不限韻的緣故說了一番寶玉道這纔是正理我也最不喜限韻黛玉因不大吃酒又不吃螃蟹自命人掇了一個繡墩倚欄坐着拿著釣杆釣魚寶釵手裡拿着一枝桂花玩了一回俯在窗檻上掐了桂蕊扔在水面引的那遊魚浮上來唼喋湘雲出一回神又讓一回襲人等又招呼山坡下的衆人只管放量吃探春和李紈惜春正立在垂柳陰中看鷗鷺迎春却獨在花陰下拿着個針兒穿茉莉花寶玉又看了一回黛玉釣魚一回又俯在寶釵傍邊說笑兩句一回又看襲人等吃螃蟹自已也

陪他喝兩口酒襲人又剝一殼肉給他吃黛玉放下釣杆走至坐間拿起那烏梅銀花自斟壺來揀了一個小小的海棠凍石蕉葉杯丫頭看見知他要飲酒忙著走上來斟黛玉道你們只管吃去讓我自已斟纔有趣兒說着便斟了半盞看時却是黃酒因說道我吃了一點子螃蟹覺得心口微微的疼須得熱熱的吃口燒酒寶玉忙接道有燒酒便命將那合歡花浸的酒燙一壺來黛玉也只吃了一口便放下了寶釵也走過來另拿了一隻盃來也飲了一口放下便蘸筆至墻上把頭一個憶菊勾了底下又贅一個蘅字寶玉忙道好姐姐第二個我已有了四句了你讓我做罷寶釵笑道我好容易有了一首你就忙的這

樣黛玉也不說話接過筆來把第八個問菊勾了接着把第十一個菊夢也勾了也贅上了一個瀟字寶玉也拿起筆來將第二個訪菊也勾了也贅上一個怡字探春起來看著道竟沒人作簪菊讓我作又指著寶玉笑道纔宣過總不許帶出閨閣字樣來你可要留神說著只見湘雲走來將第四第五對菊供菊一連兩個都勾了也贅上一個湘字探春道你也該起個號湘雲笑道我們家裡如今雖有幾處軒館我又不住着借了来也沒趣寶釵笑道方纔老太太說你們家裡也有一個水亭叫做枕霞閣難道不是你的如今雖沒了你到底是舊主人衆人都道有理寶玉不待湘雲動手便代將湘字抹了改了一個霞字

沒有一頓飯工夫十二題已全各自謄出來都交與迎春另拿了一張雪浪箋過來一併謄寫出來某人作的底下贅明某人的號李紈等從頭看道

憶菊　蘅蕪君

悵望西風抱悶思蓼紅葦白斷腸時空籬舊圃秋無跡冷月清霜夢有知念念心隨歸雁遠寥寥坐聽晚砧遲誰憐我為黃花瘦慰語重陽會有期

訪菊　怡紅公子

閒趁霜晴試一遊酒盃藥盞莫淹留霜前月下誰家種檻外籬邊何處秋蠟屐遠來情得得冷吟不盡興悠悠黃花若解憐詩客休負今朝挂杖頭

種菊　怡紅公子

攜鋤秋圃自移來籬畔庭前處處栽昨夜不期經雨活今朝猶喜帶霜開冷吟秋色詩千首醉酹寒香酒一盃泉溉泥封勤護惜好和井逕絕塵埃

對菊　枕霞舊友

別圃移來貴比金一叢淺淡一叢深蕭疏籬畔科頭坐清冷香中抱膝吟數去更無君傲世看來惟有我知音秋光荏苒休辜負相對原宜惜寸陰

供菊　枕霞舊友

彈琴酌酒喜堪儔，几案婷婷點綴幽。隔坐香分三逕露，拋書人對一枝秋。霜清紙帳來新夢，圃冷斜陽憶舊遊。傲世也因同氣味，春風桃李未淹留。

咏菊

瀟湘妃子

無賴詩魔昏曉侵，遶籬欹石自沉音。毫端蘊秀臨霜寫，口角噙香對月吟。滿紙自怜題素怨，片言誰解訴秋心。一從陶令平章後，千古高風說到今。

畫菊

蘅蕪君

詩餘戲筆不知狂，豈是丹青費較量。聚葉潑成千點墨，攢花染出幾痕霜。淡濃神會風前影，跳脫秋生腕底香。莫認東籬閒採掇，粘屏聊以慰重陽。

問菊

瀟湘妃子

欲訊秋情衆莫知，喃喃負手扣東籬。孤標傲世偕誰隱，一樣花開為底遲。圃露庭霜何寂寞，雁歸蛩病可相思。莫言舉世無談者，解語何妨話片時。

簪菊

蕉下客

瓶供籬栽日日忙，折來休認鏡中妝。長安公子因花癖，彭澤先生是酒狂。短鬢冷沾三徑露，葛巾香染九秋霜。高情不入時人眼，拍手憑他笑路傍。

菊影

枕霞舊友

秋光疊疊復重重潛度偷移三逕中聰隔踈燈描遠近籬篩破月鎖玲瓏寒芳留照魂應駐霜印傳神夢也空珍重暗香踏碎處凴誰醉眼認朦朧

菊夢　　　　瀟湘妃子

籬畔秋酣一覺清和雲伴月不分明登仙非慕莊生蝶憶舊還尋陶令盟睡去依依隨雁斷驚迴故故惱蛩鳴醒時幽怨同誰訴衰草寒烟無限情

殘菊　　　　蕉下客

露凝霜重漸傾欹宴賞纔過小雪時蒂有餘香金淡泊枝無全葉翠離披半床落月蛩聲切萬里寒雲雁陣遲明歲秋分知再會暫時分手莫相思

衆人看一首讚一首彼此稱揚不絕李紈笑道等我從公評來通篇看來各人有各人的警句今日公評咏菊第一問菊第二菊夢第三題目新詩也新立意更新了只得要推瀟湘妃子爲魁了然後簪菊對菊畫菊憶菊次之寶玉聽說喜的拍手叫道極是極公道黛玉道我那箇也不好到底傷於纖巧些李紈道巧的却好不露堆砌生硬黛玉道據我看來頭一句好的是圃冷斜陽憶舊遊這句背面傳粉拋書人對一枝秋已經妙絕將供菊說完沒處再說故翻回來想到未折未供之先意思深遠李紈笑道固如此說你的口角噙香一句也敵得過了採春

又道到底要算蘅蕪君沉着秋無跡夢有知把個憶字竟烘染出來了寶釵笑道你的短鬢冷沾葛巾香染也就把簪菊形容的一個縫兒也沒有湘雲笑道偕誰隱爲底遲真眞把個菊花問的無言可對李紈笑道那麼着像科頭坐抱膝吟竟一時也捨不得離了菊花菊花有知倒還怕膩煩了呢說的大家都笑了寶玉笑道這塲我又落第了難道誰家種何處秋蠟屐遠來冷吟不盡那都不是訪不成昨夜雨今朝霜都不是種不成但恨敵不上口角噙香對月吟淸冷香中抱膝吟短鬢葛巾金淡泊翠離披秋無跡夢有知這幾句罷了又道明日閑了我一個人做出十二首來李紈道你的也好只是不及這幾句新雅就

是了大家又評了一回復又要了熱螃蟹來就在大圓棹上吃了一回寶玉笑道今日持螯賞桂亦不可無詩我已吟成誰還敢作說着便忙洗了手提筆寫出衆人看道

持螯更喜桂陰凉潑醋擂薑興欲狂饕餮王孫應有酒橫行公子竟無腸臍間積冷饞忘忌指上沾腥洗尚香原爲世人美口腹坡仙曾笑一生忙

黛玉笑道這樣的詩一時要一百首也有寶玉笑道你這會子才力已盡不說不能作了還褒貶人家黛玉聽了也不答言略一仰首微吟提起筆來一揮已有了一首衆人看道

鐵甲長戈死未忘堆盤色相喜先嘗螯封嫩玉雙雙滿殼

凸紅脂塊塊香多肉更憐卿八足助情誰勸我千觴對茲
佳品酬佳節桂拂清風菊帶霜

寶玉看了正喝彩時黛玉便一把撕了命人燒去因笑道我做的不及你的我燒了罷你那個狠好比方纔的菊花詩還好你留着他給人看看寶釵笑道我也勉强了一首未必好寫出來取笑兒罷說着也寫出來大家看時寫道

桂靄桐陰坐舉觴長安涎口盼重陽眼前道路無經緯皮
裏春秋空黑黃

看到這裏衆人不禁叫絕寶玉道罵得痛快我的詩也該燒了看底下道

酒未滌腥還用菊性防積冷定須薑於今落釜成何益月
浦空餘禾黍香

衆人看畢都說這方是食螃蟹的絕唱這些小題目原要寓大意思纔算是大才只是諷刺世人太毒了些說着只見平兒復進園來不知做什麽且聽下回分解

紅樓夢第三十八回終

紅樓夢第三十九回

村老老是信口開河　情哥哥偏尋根究底

話說衆人見平兒來了都說你們奶奶做什麼呢怎麼不來了平兒笑道他那裡得空兒來因爲說沒得好生吃又不得來所以叫我來問還有沒有叫我再要幾個拿了家去吃罷湘雲道有多着呢忙命人拿盒子裝了十個極大的平兒道多拿幾個團臍的衆人又拉平兒坐平兒不肯李紈瞅着他笑道偏叫你坐因拉他身傍坐下端了一杯酒送到他嘴邊平兒忙喝了一口就要走李紈道偏不許你去顯見得你只有鳳丫頭就不聽我的話了說著又命嬤嬤們先送了盒子去就說我留下平兒

了那婆子一時拿了盒子回來說二奶奶說叫奶奶和姑娘們別笑話要嘴吃這個盒子裡方纔舅太太那裡送來的菱粉糕和雞油捲兒給奶奶姑娘們吃的又向平兒道說了使喚你來你就貪住嘴不去了叫你少喝鍾兒罷平兒笑道多喝了又把我怎麼樣一面說一面只管喝又吃螃蟹李紈攬着他笑道可惜這麼個好體面模樣兒命却平常只落得屋裡使喚不知道的人誰不拿你當做奶奶太太看平兒一面和寶釵湘雲等吃喝着一面回頭笑道奶奶別這麼摸的我怪癢癢的李氏道噯喲這硬的是什麼平兒道是鑰匙李氏道有什麼要緊的東西怕人偷了去這麼帶在身上我成日家和人說有個唐僧取經

就有個白馬來馱著他劉智遠打天下就有個瓜精來送盔甲有個鳳丫頭就有個你你就是你奶奶的一把總鑰匙還要這鑰匙做什麼平兒笑道奶奶吃了酒又拿我来打趣着取笑兒了寶釵笑道這倒是真話我們沒事評論起來你們這幾個都是百個裡頭挑不出一個來的妙在各人有各人的好處李紈道大小都有個天理比如老太太屋裡要沒鴛鴦姑娘如何使得從太太起那一個敢駁老太太的回他現敢駁回偏老太太只聽他一個人的話老太太的那些穿帶的別人不記得他都記得要不是他經管着不知叫人誆騙了多少去呢況且他心也公道雖然這樣倒常替人上好話兒還倒不倚勢欺人的惜

春笑道老太太昨日還說呢他比我們還強呢平兒道那原是個好的我們那裡比得上他寶玉道太太屋裡的彩霞是個老實人探春道可不是老實心裡可有數兒呢太太是那麼佛爺是的事情上不留心他都知道凡一應事都是他提着太太行連老爺在家出外去的一應大小事他都知道太太忘了他背後告訴太太李紈道那也罷了指着寶玉道這一個小爺屋裡要不是襲人你們度量到個什麼田地鳳丫頭就是個楚霸王也得兩隻膀子好舉千斤鼎他不是這丫頭他就得這麼週到了平兒道先時賠了四個丫頭來死的死去的去只剩下我一個孤鬼兒了李紈道你倒是有造化的鳳丫頭也是有造化的

想當初你大爺在日何曾也没兩個人你們看我還是那容不下人的天天只是他們不如意所以你大爺一没了我趂着年輕都打發了要是有一個好的守的住我到底也有個膀臂了說着不覺眼圈兒紅了衆人都道這又何必傷心不如散了倒好說着便都洗了手大家約着往賈母王夫人處問安衆婆子丫頭打掃亭子收洗盃盤襲人便和平兒一同往前去襲人因讓平兒到屋裡坐坐再喝碗茶去平兒回說不喝茶了再来罷一面說一面便要出去襲人又叫住問道這個月的月錢連老太太太太屋裡還没放是爲什麼平兒見問忙轉身至襲人跟前又見無人悄悄說道你快别問横豎再遲兩天就放了襲人

笑道這是爲什麽唬的你這個樣兒平兒悄聲告訴他道這個月的月錢我們奶奶早已支了放給人使呢等别處利錢收了來凑齊了纔放呢因爲是你我纔告訴你可不許告訴一個人去襲人笑道他難道還短錢使還没個足厭何苦還操這心平兒笑道何曾不是呢他這幾年只拿着這一項銀子翻出有幾百來了他的公費月例又使不着十兩八兩零碎攢了又放出去單他這體已利錢一年不到上千的銀子呢襲人笑道拿着我們的錢你們主子奴才賺利錢哄的我們獃等着平兒道你又說没良心的話你難道還少錢襲人道我雖不少只是我也没處兒使去就只預備我們那一個平兒道你倘若有緊要事

用銀錢使時我那裡還有幾兩銀子你先拿來使明日我扣下你的就是了襲人道此時也用不着怕一時要用起來不彀了我打發人去取就是了平兒答應著一逕出了園門只見鳳姐那邊打發人來找平兒說奶奶有事等你平兒道有什麼事這麼要緊我叫大奶奶拉扯住說話兒我又沒逃了這麼連三接四的叫人來找那丫頭說道這又不是我的主意姑娘這話自已和奶奶說去平兒啐道好了你們越發上臉了說着走來只見鳳姐兒不在屋裡忽見上回來打抽豐的劉老老和板兒來了坐在那邊屋裡還有張材家的周瑞家的陪著又有兩三個丫頭在地下倒口袋裡的棗兒倭瓜並些野菜衆人見他進來

都忙站起來劉老老因上次來過知道平兒的身分忙跳下地來問姑娘好又說家裡都問好早要來請姑奶奶的安看姑娘來的因為庄家忙好容易今年多打了兩石糧食瓜果菜蔬也豐盛這是頭一起摘下來的並沒敢賣呢留的尖兒孝敬姑奶奶姑娘們嚐嚐姑娘們天天山珍海味的也吃膩了吃個野菜兒也筭我們的窮心平兒忙道多謝費心又讓坐自己坐了又讓張嬸子周大娘坐了命小丫頭子倒茶去周瑞張材兩家的因笑道姑娘今日臉上有些春色眼圈兒都紅了平兒笑道可不是我原不喝大奶奶和姑娘們只是拉著死灌不得已喝了兩鍾臉就紅了張材家的笑道我倒想着要喝呢又沒人讓我

明日再有人請姑娘可帶了我去罷說著大家都笑了周瑞家的道早起我就看見那螃蟹了一觔只好秤兩個三個這麼兩三大簍想是有七八十觔呢周瑞家的道要是上上下下只怕還不彀平兒道那裡都吃不過都是有名兒的吃兩個子那些散眾兒的也有摸着的也有摸不着的劉老老道這樣螃蟹今年就值五分一觔十觔五錢五五二兩五五三五一十五再搭上酒菜一共倒有二十多兩銀子阿彌陀佛這一頓的銀子勾我們庄家人過一年了平兒因問想是見過奶奶了劉老老道見過了叫我們等着呢說着又往窗外看天氣說道天好早晚了我們也去罷別出不去城纔是饑荒呢周瑞家的道等着我替

你瞧瞧去說著一逕去了半日方來笑道可是老老的福來了竟投了這兩個人的緣了平兒等問怎麼樣周瑞家的笑道二奶奶在老太太跟前呢我原是悄悄的告訴二奶奶劉老老要家去呢怕晚了赶不出城去二奶奶說大遠的難爲他扛了些東西來晚了就住一夜明日再去這可不是投上二奶奶的緣了嗎這也罷了偏老太太又聽見了問劉老老是誰二奶奶就回明白了老太太又說我正想個積古的老人家說話兒請了來我見見這可不是想不到的投上緣了說着催劉老老下來前去劉老老道我這生像兒怎麼見得呢好嫂子你就說我去了罷平兒忙道你快去罷不相干的我們老太太最是惜老憐

貧的比不得那個狂三詐四的那些人想是你怯上我和周大娘送你去說着同周瑞家的帶了劉老老往賈母這邊來二門口該班的小廝們見了平兒出來都站起来有兩個又跑上來赶着平兒叫姑娘平兒問道又說什麽那小厮笑道這會子也好早晚了我媽病着等我去請大夫好姑娘我討半日假可使得平兒道你們倒好都商量定了一天一個告假又不回奶奶只和我胡纏前日住兒去了二爺偏叫他叫不着我應起來了還說我做了情了你今日又来了周瑞家的道當真的他媽病了姑娘也替他應著放了他罷平兒道明日一早來聽着我還要使你呢再睡的日頭晒着屁股再來你這一去帶個信兒給旺兒就說奶奶的話問他那剩的利錢明日要還不交來奶奶不要了索性送他使罷那小厮歡天喜地答應去了平兒等來至賈母房中彼時大觀園中姐妹們都在賈母前承奉劉老老進去只見滿屋裡珠圍翠繞花枝招展的並不知都係何人只見一張榻上獨歪着一位老婆婆身後坐着一個紗羅裹的美人一般的個丫鬟在那裡搥腿鳳姐兒站着正說笑劉老老便知是賈母了忙上來陪著笑拜了幾拜口裡說請老壽星安賈母也忙欠身問好又命周瑞家的端過椅子來坐着那板兒仍是怯人不知問候賈母道老親家你今年多大年紀了劉老老忙起身答道我今年七十五了賈母向衆人道這麽大年紀了

還這麽硬朗比我大好幾歲呢我要到這個年紀還不知怎麽動不得呢劉老老笑道我們生來是受苦的人老太太生來是享福的我們要也這麽著那些庄家活也沒人做了賈母道眼睛牙齒還好劉老老道還都好就是今年左邊的糟牙活動了賈母道我老了都不中用了眼也花耳也聾記性也沒了你們這些老親戚我都不記得了親戚們來了我怕人笑話我都不會不過嚼的動的吃兩口睡一覺悶了時和這些孫子孫女兒頑笑會子就完了劉老老笑道這正是老太太的福了我們想這麽着不能賈母道什麽福不過是老廢物罷咧說的大家都笑了賈母又笑道我纔聽見鳳哥兒說你帶了好些瓜菜來我

叫他快收拾去了我正想個地裡現結的瓜兒菜兒吃外頭買的不像你們地裡的好吃劉老老笑道這是野意兒不過吃個新鮮依我們倒想魚肉吃只是吃不起賈母又道今日既認著了親别空空的就去不嫌我這裡就住一兩天再去我們也有個園子園子裡頭也有果子你明日也嚐嚐帶些家去也算是看親戚一趟鳳姐兒見賈母喜歡也忙留道我們這裡雖不比你們的塲院大空屋子還有兩間你住兩天把你們那裡的新聞故事兒說些給我們老太太聽聽賈母笑道鳳丫頭别拿他取笑兒他是屯裡人老實那裡擱的住你打趣說着又命人去先抓果子給板兒吃板兒見人多了又不敢吃賈母又命拿些

錢給他叫小幺兒們帶他外頭頑去劉老老吃了茶便把些鄉村中所見所聞的事情說給賈母聽賈母越發得了趣味正說着鳳姐兒便命人請劉老老吃晚飯賈母又將自巳的菜揀了幾樣命人送過去給劉老老吃鳳姐知道合了賈母的心吃了飯便又打發過來鴛鴦忙命老婆子帶了劉老老去洗了澡自巳去挑了兩件隨常的衣裳叫給劉老老換上那劉老老那裡見過這般行事忙換了衣裳出來坐在賈母榻前又搜尋些話出來說彼時寶玉姐妹們也都在這裡坐着他們何曾聽見過這些話自覺比那些瞽目先生說的書還好聽那劉老老雖是個村野人却生來的有些見識况且年紀老了世情上經歷過

的見頭一件賈母高興第二件這些哥兒姐兒都愛聽便沒話也編出些話來講因說道我們村庄上種地種菜每年每日春夏秋冬風裡雨裡那裡有個坐着的空兒天天都是在那地頭上做歇馬凉亭什麽奇奇怪怪的事不見呢就像舊年冬天接連下了幾天雪地下壓了三四尺深我那日起的早還沒出屋門只聽外頭柴草响我想着必定有人偷柴草來了我巴著窻戶眼兒一瞧不是我們村庄上的人賈母道必定是過路的客人們冷了見現成的柴火抽些烤火也是有的劉老老笑道也並不是客人所以說來奇怪老壽星打諒什麽人原來是一個十七八歲極標緻的個小姑娘兒梳著溜油兒光的頭穿着大

紅衫兒白綾子裙兒剛說到這裡忽聽外面人吵嚷起來又說不相干別唬着老太太賈母等聽了忙問怎麼了丫鬟回說南院子馬棚裡走了水了不相干已經救下去了賈母最膽小的聽了這話忙起身扶了人出至廊上來瞧時只見那東南角上火光猶亮賈母唬得口內念佛又忙命人去火神跟前燒香王夫人等也忙都過來請安回說已經救下去了老太太請進去罷賈母足足的看著火光熄了方領眾人進來寶玉且忙問劉老老那女孩兒大雪地裡做什麼抽柴火倘或凍出病來呢賈母道都是纔說抽柴火惹出事來了你還問呢別說這個了說別的罷寶玉聽說心內雖不樂也只得罷了劉老老便又想了

想說道我們庄子東邊庄上有個老奶奶子今年九十多歲了他天天吃齋念佛誰知就感動了觀音菩薩夜裡來托夢說你這麼虔心原本你該絕後的如今奏了玉皇給你個孫子原來這老奶奶只有一個兒子這兒子也只一個兒子好容易養到十七八歲上死了哭的什麼兒似的後起間真又養了一個今年纔十三四歲長得粉團兒似的聰明伶俐的了不得呢這些神佛是有的不是這一夕話暗合了賈母王夫人的心事連王夫人也都聽住了寶玉心中只惦記抽柴的事因悶悶的心中籌畫探春因問他昨日擾了史大妹妹偺們回去商議着邀一社又還了席也請老太太賞菊何如寶玉笑道老太太說了還要

攏酒還史妹妹的席呌偺們做陪呢等吃了老太太的偺們再請不遲探春道越往前越冷了老太太未必高興寳玉道老太太又喜歡下雨下雪的偺們等下頭塲雪請老太太賞雪不好嗎偺們雪下吟詩也更有趣了黛玉笑道偺們雪下吟詩依我說還不如弄一綑柴火雪下抽柴還更有趣兒呢說着寳釵等都笑了寳玉瞅了他一眼也不答話一時散了背地裡寳玉到底拉了劉老老細問那女孩兒是誰劉老老只得編了告訴他那原是我們庄子北沿兒地埂子上有個小祠堂兒供的不是神佛當先有個什麼老爺說着又想名姓寳玉道不拘什麼名姓也不必想了只說原故就是了劉老老道這老爺沒有兒子

只有一位小姐名子呌什麼若玉知書兒識字的老爺太太愛的像珍珠兒可惜了兒的這小姐兒長到十七歲了一病就病死了寳玉聽了跌足歎惜又問後來怎麼樣劉老老道因爲老爺太太疼的心肝兒似的蓋了那祠堂塑了個像兒派了人燒香兒撥火的如今年深日久了人也沒了廟也爛了那泥胎兒可就成了精咧寳玉忙道不是成精規矩這樣人是不死的劉老老道阿彌陀佛是這麼着嗎不是哥兒說我們還當他成了精了呢他時常變了人出來閑逛我纔說抽柴火的就是他了我們村庄上的人商量着還要拿榔頭砸他呢寳玉忙道快別如此要平了廟罪過不小劉老老道幸虧哥兒告訴我明日回

去攔住他們就是了寶玉道我們老太太太太都是善人就是合家大小也都好善喜捨最愛修廟塑神的我明日做一個疏頭替你化些佈施你就做香頭攢了錢把這廟修蓋再裝塑了泥像每月給你香火錢燒香好不好劉老老道若這樣時我托那小姐的福也有幾個錢使了寶玉又問他地名庄名來往遠近坐落何方劉老老便順口謅了出來寶玉信以為真回至房中盤算了一夜次日一早便出來給了焙茗幾百錢按着劉老老說的方向地名着焙茗去先踏看明白回來再作主意那焙茗去後寶玉左等也不來右等也不來急的熱地裡的蚰蜒是的好容易等到日落方見焙茗興興頭頭的回來了寶玉忙問可找着了焙茗笑道爺聽的不明白叫我好找那地名坐落不像爺聽的一樣所以我找了一天找到東北角田埂子上纔有一個破廟寶玉聽說喜的眉開眼笑忙說道劉老老有年紀的人一時錯記了也是有的你且說你見的焙茗道那廟門却倒也朝南開也是稀破的我找的正沒好氣一見這個我說可好了連忙進去一看泥胎唬的我又跑出來了活像真的是的寶玉喜的笑道他能變化人了自然有些生氣焙茗拍手道那裡是什麼女孩兒竟是一位青臉紅髮的瘟神爺寶玉聽了啐了一口罵道真是個沒用的殺材這點子事也幹不來焙茗道爺又不知看了什麼書或者聽了誰的混賬話信真了把這件沒頭

腦的事派我去磕頭怎麼說我没用呢寶玉見他急了忙撫慰他道你别急改日閒了你再找去要是他哄我們呢自然没了要竟是有的你豈不也積了陰隲呢我必重重的賞你說着只見二門上的小廝來說老太太屋裡的姑娘們站在二門口找二爺呢不知何事下回分解

紅樓夢第三十九回終

紅樓夢第四十回

史太君兩宴大觀園　金鴛鴦三宣牙牌令

話說寶玉聽了忙進來看時只見琥珀站在屏風跟前說快去罷立等你說話呢寶玉來至上房只見賈母正和王夫人衆姐妹商議給史湘雲還席寶玉因說我有個主意旣沒有外客吃的東西也別定了樣數誰素日愛吃的揀樣兒做幾樣也不必按棹席每人跟前擺一張高几各人愛吃的東西一兩樣再一個什錦攢心盒子自斟壺豈不別致賈母聽了說狠是卽命人傳與厨房明日就揀我們愛吃的東西做了按着人數再裝了盒子來早飯也擺在園裡吃商議之間早又掌燈一夕無話次

日清早起來可喜這日天氣清朗李紈清晨起來看着老婆子丫頭們掃那些落葉並擦抹棹椅預備茶酒器皿只見豐兒帶了劉老老板兒進來說大奶奶倒忙的狠李紈笑道我說你昨兒去不成只忙著要去劉老老笑道老太太留下我叫我也熱閙一天去豐兒拿了幾把大小鑰匙說道我們奶奶說了外頭的高几兒怕不彀使不如開了樓把那收的拿下來使一天罷奶奶原該親自來因和太太說話呢請大奶奶開了帶着人搬罷李氏便命素雲接了鑰匙又命婆子出去把二門上小厮叫幾個來李氏站在大觀樓下往上看着命人上去開了綴錦閣一張一張的往下抬小厮老婆子丫頭一齊動手抬了二十多

張下來李紈道好生着別荒荒張張鬼趕著似的仔細碰了牙子又回頭向劉老老笑道老老也上去瞧瞧劉老老聽說巴不得一聲兒拉了板兒登梯上去進裡面只見烏壓壓的堆着些圍屏棹椅大小花燈之類雖不大認得只見五彩爛灼各有奇妙念了幾聲佛便下來了然後鎖上門一齊下來李紈道恐怕老太太高興越發把船上划子篙槳遮陽幔子都搬下來預備着衆人答應又復開了門色色的搬下來命小厮傳駕娘們到船塢裡撑出兩隻船來正亂着只見賈母已帶了一羣人進來了李紈忙迎上去笑道老太太高興倒進來了我只當還沒梳頭呢纔掐了菊花要送去一面說一面碧月早已捧過一個大荷葉式的翡翠盤子來裡面養着各色折枝菊花賈母便揀了一朶大紅的簪在鬓上因回頭看見了劉老老忙笑道過來帶花兒一語未完鳳姐兒便拉過劉老老來笑道讓我打扮你說着把一盤子花橫三豎四的插了一頭賈母和衆人笑的了不得劉老老也笑道我這頭也不知修了什麽福今兒這樣體面起來衆人笑道你還不拔下來摔到他臉上呢把你打扮的成了老妖精了劉老老笑道我雖老了年輕時也風流愛個花兒粉兒的今兒索性作個老風流說話間已來至沁芳亭上丫鬟們抱了個大錦褥子來鋪在欄杆榻板上賈母倚欄坐下命劉老老也坐在旁邊因問他這園子好不好劉老老念佛說道我

們鄉下人到了年下都上城來買畫兒貼閒了的時候兒大家都說怎麼得到畫兒上逛逛想着畫兒也不過是假的那裡有這個眞地方兒誰知今兒進這園裡一瞧竟比畫兒還强十倍怎麼得有人也照著這個園子畫一張我帶了家去給他們見見死了也得好處賈母聽說指著惜春笑道你瞧我這個小孫女兒他就會畫等明兒叫他畫一張如何劉老老聽了喜的忙跑過來拉着惜春說道我的姑娘你這麼大年紀兒又這麼個好模樣兒還有這個能幹別是個神仙托生的罷賈母衆人都笑了歇了歇又領著劉老老都見識見識先到了瀟湘館一進門只見兩邊翠竹夾路土地下蒼苔佈滿中間羊腸一條石子

漫的甬路劉老老讓出來與賈母衆人走自已却走土地琥珀拉他道老老你上來走看青苔滑倒了劉老老道不相干我們走熟了姑娘們只管走罷可惜你們的那鞋別沾了泥他只顧上頭和人說話不防脚底下果踹滑了咕咚一交跌倒衆人都拍手呵呵的大笑賈母笑駡道小蹄子們還不攙起來只站着笑說話時劉老老已爬起來了自已也笑了說道纔說嘴就打了嘴了賈母問他可扭了腰了沒有叫丫頭們搥搥劉老老道那裡說的我這麼嬌嫩了那一天不跌兩下子都要搥起來還了得呢紫鵑早打起湘簾賈母等進來坐下黛玉親自用小茶盤兒捧了一蓋碗茶來奉與賈母王夫人道我們不吃茶姑娘

不用倒了黛玉聽說便命丫頭把自已窗下常坐的一張椅子挪到下手請王夫人坐了劉老老因見窗下案上設着筆硯又見書架上放着滿滿的書劉老老道這必定是那一位哥兒的書房了賈母笑指黛玉道這是我這外孫女兒的屋子劉老老留神打量了黛玉一番方笑道這那裡像個小姐的綉房竟比那上等的書房還好呢賈母因問寳玉怎麼不見衆丫頭們答說在池子裡船上呢賈母道誰又預備下船了李紈忙回說纔開樓拿的我恐怕老太太高興就預備下了賈母聽了方欲說話時有人回說姨太太來了賈母等剛站起來只見薛姨媽早進來了一面歸坐笑道今兒老太太高興這早晚就來了賈母

笑道我纔說來遲了的要罰他不想姨太太就來遲了說笑一回賈母因見窗上紗顔色舊了便和王夫人說道這個紗新糊上好看過了後兒就不翠了這院子裡頭又沒有個桃杏樹這竹子已是綠的再拿綠紗糊上反倒不配我記得偺們先有四五樣顔色糊牕的紗呢明兒給他把這牕上的換了鳳姐兒忙道昨兒我開庫房看見大板箱裡還有好幾疋銀紅蟬翼紗也有各樣折枝花樣的也有流雲蝙蝠花樣的也有百蝶穿花花樣的顔色又鮮紗又輕軟我竟沒見這個樣的拿了兩疋出來做兩床綿紗被想來一定是好的賈母聽了笑道呸人人都說你沒有沒經過沒見過的連這個紗還不能認得明兒還說嘴

薛姨媽等都笑說憑他怎麽經過見過怎麽敢比老太太呢老太太何不教導了他連我們也聽聽鳳姐兒也笑說好祖宗教給我罷賈母笑向薛姨媽衆人道那個紗比你們的年紀還大呢怪不得他認做蟬翼紗原也有些像不知道的都認做蟬翼紗正經名字叫軟烟羅鳳姐兒道這個名兒也好聽只是我這麽大了紗羅也見過幾百樣從沒聽見過這個名色賈母笑道你能活了多大見過幾樣東西就說嘴來了那個軟烟羅只有四樣顏色一樣雨過天青一樣秋香色一樣松綠的一樣就是銀紅的要是做了帳子糊了窗屜遠遠的看着就和烟霧一樣所以叫做軟煙羅那銀紅的又叫做霞影紗如今上用的府紗

也沒有這樣軟厚輕密的了薛姨媽笑道別說鳳丫頭沒見連我也沒聽見過鳳姐兒一面說話早命人取了一疋來了賈母說可不是這個先時原不過是糊窗屜後來我們拿這個做被做帳子試試也竟好明日就找出幾疋來拿銀紅的替他糊窗戶鳳姐答應着衆人看了都稱讚不已劉老老也覷著眼看口裡不住的念佛說道我們想做衣裳也不能拿着糊窗子豈不可惜賈母道倒是做衣裳不好看鳳姐忙把自已身上穿的一件大紅綿紗襖的襟子拉出來向賈母薛姨媽道看我的這襖兒賈母薛姨媽都說這也是上好的了這是如今上用內造的竟比不上這個鳳姐兒道這個薄片子還說是內造上用呢竟

連這個官用的也比不上啊賈母道再找一找只怕還有要有就都拿出來送這劉親家兩疋有雨過天青的我做一個帳子掛上剩的配上裡子做些個夾坎肩兒給丫頭們穿白收着霉壞了鳳姐兒忙答應了仍命人送去賈母便笑道這屋裡窄再往別處逛去罷劉老老笑道人人都說大家子住大房昨兒見了老太太正房配上大箱大櫃大棹子大床果然威武那櫃子比我們一間房子還大還高怪道後院子裡有個梯子我想又不上房晒東西預備這梯子做什麼後來我想起來一定是爲開頂櫃取東西離了那梯子怎麼上得去呢如今又見了這小屋子更比大的越發齊整了滿屋裡東西都只好看可不知叫

什麼我越看越捨不得離了這裡了鳳姐道還有好的呢我都帶你去瞧瞧說着一逕離了瀟湘館遠遠望見池中一羣人在那裡撑船賈母道他們既備下船咱們就坐一回說着向紫菱洲蓼溆一帶走來未至池前只見幾個婆子手裡都捧着一色攢絲戧金五彩大盒子走來鳳姐忙問王夫人早飯在那裡擺王夫人道問老太太在那裡就在那裡罷了賈母聽說便回頭說你三妹妹那裡好你就帶了人擺去我們從這裡坐了船去鳳姐兒聽說便回身和李紈探春鴛鴦琥珀帶著端飯的人等抄着近路到了秋爽齋就在曉翠堂上調開桌案鴛鴦笑道天天偺們說外頭老爺們吃酒吃飯都有個湊趣兒的拿他取笑

只咱們今兒也得了個女清客了李紈是個厚道人倒不理會鳳姐兒卻聽著是說劉老老便笑道咱們今兒就拿他取個笑兒二人便如此這般商議李紈笑勸道你們一點好事兒不做又不是個小孩兒還這麼淘氣仔細老太太說鴛鴦笑道很不與大奶奶相干有我呢正說着只見賈母等來了各自隨便坐下先有丫鬟挨人遞了茶大家吃畢鳳姐手裡拿著西洋布手巾裹着一把烏木三鑲銀箸按席擺下賈母因說把那一張小楠木棹子抬過來讓劉親家挨着我這邊坐衆人聽說忙擡過來鳳姐一面遞眼色與鴛鴦鴛鴦便忙拉劉老老出去悄悄的囑咐了劉老老一席話又說這是我們家的規矩要錯了我們

就笑話呢調停已畢然後歸坐薛姨媽是吃過飯來的不吃了只坐在一邊吃茶賈母帶着寶玉湘雲黛玉寶釵一棹王夫人帶着迎春姐妹三人一棹劉老老挨着賈母一棹賈母素日吃飯皆有小丫鬟在旁邊拿着漱盂麈尾巾帕之物如今鴛鴦是不當這差的了今日偏接過麈尾來拂着丫鬟們知他要捉弄劉老老便躲開讓他鴛鴦一面侍立一面遞眼色劉老老道姑娘放心那劉老老入了坐拿起箸來沉甸甸的不伏手原是鳳姐和鴛鴦商議定了單拿了一雙老年四楞象牙鑲金的快子給劉老老劉老老見了說道這個叉巴子比我們那裡的鐵掀還沉那裡拿的動他說的衆人都笑起來只見一個媳婦端了

一個盒子站在當地一個丫鬟上來揭去盒蓋裡面盛着兩碗菜李紈端了一碗放在賈母桌上鳳姐偏揀了一碗鴿子蛋放在劉老老桌上賈母這邊說聲請劉老老便站起身來高聲說道老劉老劉食量大如牛吃個老母猪不抬頭說完却鼓着腮帮子兩眼直視一聲不語衆人先還發怔後來一想上上下下都一齊哈哈大笑起來湘雲掌不住一口茶都噴出來黛玉笑岔了氣伏着桌子只叫噯喲寶玉滾到賈母懷裡賈母笑的摟着叫心肝王夫人笑的用手指着鳳姐兒却說不出話來薛姨媽也掌不住口裡的茶噴了探春一裙子探春的茶碗都合在迎春身上惜春離了坐位拉着他奶母叫揉揉腸子地下無一個不彎腰屈背也有躲出去蹲着笑去的也有忍着笑上來替他姐妹換衣裳的獨有鳳姐鴛鴦二人掌着還只管讓劉老老劉老老拿起箸來只覺不聽使又道這裡的雞兒也俊下的這蛋也小巧怪俊的我且得一個兒衆人方住了笑聽見這話又笑起來賈母笑的眼淚出來只忍不住琥珀在後搥着賈母笑道這定是鳳丫頭促俠鬼兒鬧的快別信他的話了那劉老老正誇雞蛋小巧鳳姐兒笑道一兩銀子一個呢你快嚐嚐罷冷了就不好吃了劉老老便伸了快子要夾那裡夾的起來滿碗裡鬧了一陣好容易撮起一個來纔伸着脖子要吃偏又滑下來滾在地下忙放下快子要親自去揀早有地下的人揀出去了

了劉老老歎道一兩銀子也沒聽見個響聲兒就沒了衆人已沒心吃飯都看着他取笑賈母又說誰這會子又把那個筷子拿出來了又不請客擺大筵席都是鳳丫頭支使的還不換了呢地下的人原不曾預備這牙筯本是鳳姐和鴛鴦拿了來的聽如此說忙收過去了也照樣換上一雙烏木鑲銀的劉老老道去了金的又是銀的到底不及俺們那個伏手鳳姐兒道菜裏要有毒這銀子下去了就試的出來劉老老道這個菜裏有毒我們那些都成了砒霜了那怕毒死了也要吃盡了賈母見他如此有趣吃的又香甜把自己的菜也都端過來給他吃又命一個老嬷嬷來將各樣的菜給板兒夾在碗上一時吃畢賈

母等都往探春卧室中去閒話這裏收拾殘桌又放了一桌劉老老看着李紈與鳳姐兒對坐着吃飯歎道別的罷了我只愛你們家這行事怪道說禮出大家鳳姐兒忙笑道你可別多心纔剛不過大家取樂兒一言未了鴛鴦也進來笑道老老別惱我給你老人家賠個不是兒罷劉老老忙笑道姑娘說那裏的話偺們哄着老太太開個心兒有什麼惱的你先囑咐我我就明白了不過大家取笑兒我要惱也就不說了鴛鴦便罵人爲什麼不倒茶給老老吃劉老老忙道纔剛那個嫂子倒了茶來我吃過了姑娘也該用飯了鳳姐兒便拉鴛鴦坐下道你和我們吃罷省了回來又鬧鴛鴦便坐下了婆子們添上碗筯來三

人吃畢劉老老笑道我看你們這些人都只吃這一點兒就完了虧你們也不餓怪道風兒都吹的倒鴛鴦便問今兒剩的不少都那裡去了婆子們道都還沒散呢在這裡等着一齊散給他們吃鴛鴦道他們吃不了這些挑兩碗給二奶奶屋裡平丫頭送去鳳姐道他早吃了飯了不用給他鴛鴦道他吃不了喂你的猫婆子聽了忙揀了兩樣拿盒子送去鴛鴦道素雲那裡去了李紈道他們都在這裡一處吃又找他做什麼鴛鴦道這罷就了鳳姐道襲人不在這裡你倒是叫人送兩樣給他去鴛鴦聽說便命人也送兩樣去鴛鴦又問婆子們回來吃酒的攢盒可裝上了婆子道想必還得一會子鴛鴦道催着些兒婆子答應了鳳姐等來至探春房中只見他娘兒們正說笑探春素喜濶朗這三間屋子並不曾隔斷當地放着一張花梨大理石大案案上堆着各種名人法帖並數十方寶硯各色筆筒筆海內插的筆如樹林一般那一邊設著斗大的一個汝窑花囊插着滿滿的一囊水晶球的白菊西墻上當中掛着一大幅米襄陽烟雨圖左右掛著一幅對聯乃是顏魯公墨跡其聯云

烟霞閒骨格　泉石野生涯

案上設着大鼎左邊紫檀架上放着一個大官窑的大盤盤內盛着數十個嬌黃玲瓏大佛手右邊洋漆架上懸着一個白玉比目磬傍邊掛着小槌那板兒略熟了些便要摘那槌子去擊

丫鬟們忙攔住他他又要那佛手吃探春揀了一個給他說頑
罷吃不得的東邊便設着臥榻拔步床上懸著葱綠雙綉花卉
草蟲的紗帳板兒又跑來看說這是蟈蟈這是螞蚱劉老老忙
打了他一巴掌道下作黄子沒干没凈的亂鬧倒叫你進來瞧
瞧就上臉了打的板兒哭起來衆人忙勸解方罷賈母隔著紗
牕後往院内看了一回因說道後廊簷下的梧桐也好了只是
細些正說話忽一陣風過隱隱聽得鼓樂之聲賈母問是誰家
娶親呢這裡臨街倒近王夫人等笑回道街上的那裡聽的見
這是偺們的那十來個女孩子們演習吹打呢賈母便笑道旣
他們演何不叫他們進來演習他們也逛一逛偺們也樂了不

好嗎鳳姐聽說忙命人出去叫來赶著吩咐擺下條桌鋪上紅
毡子賈母道就鋪排在藕香榭的水亭子上借着水音更好聽
回來偺們就在綴錦閣底下吃酒又寛濶又聽的近衆人都說
好賈母向薛姨媽笑道偺們走罷他們姐妹們都不大喜歡人
來生怕腌臢了屋子偺們別没眼色兒正經坐會子船喝酒去
罷說着大家起身便走探春笑道這是那裡的話求着老太太
姨媽太太來坐坐還不能呢賈母笑道我的這三丫頭倒好只
有兩個玉兒可惡回來喝醉了偺們偏往他們屋裡閙去說着
衆人都笑了一齊出來走不多遠已到了荇葉渚那姑蘇選來
的幾個駕娘早把兩隻棠木舫撑來衆人扶了賈母王夫人薛

姨媽劉老老鴛鴦玉釧兒上了這一隻船次後李紈也跟上去鳳姐也上去立在船頭上也要撑船賈母在艙內道那不是頑的雖不是河裡也有好深的你快給我進來鳳姐笑道怕什麽老祖宗只管放心說着便一篙點開到了池當中船小人多鳳姐只覺亂晃忙把篙子遞與駕娘方蹲下去然後迎春姊妹等並寶玉上了那隻隨後跟來其餘老嬷嬷衆丫鬟俱沿河隨行寶玉道這些破荷葉可恨怎麽還不叫人來拔去寶釵笑道今年這幾日何曾饒了這園子閑了一閑天天逛那裡還有叫人來收拾的工夫呢黛玉道我最不喜歡李義山的詩只喜他這一句留得殘荷聽雨聲偏你們又不留着殘荷了寶玉道果然

好句已後偺們别叫拔去了說着已到了花溆的蘿港之下覺得陰森透骨兩灘上衰草殘菱更助秋興賈母因見岸上的清厦曠朗便問這是薛姑娘的屋子不是衆人道是賈母忙命攏岸順着雲步石梯上去一同進了蘅蕪苑只覺異香撲鼻那些竒草仙藤愈冷愈蒼翠都結了實似珊瑚豆子一般纍垂可愛及進了房屋雪洞一般一色的玩器全無案上止有一個土定瓶瓶中供着數枝菊並兩部書茶奩茶杯而已床上只吊着青紗帳幔衾褥也十分朴素賈母歎道這孩子太老實了你没有陳設何妨和你姨娘要些我也没理論也没想到你們的東西自然在家裡没帶了來說着命鴛鴦去取些古董來又嗔着鳳

姐兒不送些玩器來給你妹妹這樣小器王夫人鳳姐等都笑回說他自己不要麽我們原送了來都退回去了薛姨媽也笑說道他在家裡也不大弄這些東西賈母搖頭道那使不得雖然他省事倘或來個親戚看着不像二則年輕的姑娘們屋裡這麽素淨也忌諱我們這老婆子越發該住馬圈去了你們聽那些書上戲上說的小姐們的綉房精緻的還了得呢他們姐妹們雖不敢比那些小姐們也別狠離了格兒有現成的東西為什麽不擺呢要狠愛素淨少幾樣倒使得我最會收拾屋子如今老了沒這個閒心了他們姐妹們也還學着收拾的好只怕俗氣有好東西也擺壞了我看他們還不俗如今等我替你

收拾包管又大方又素淨我的兩件體己收到如今沒給寶玉看見過若經了他的眼也沒了說着叫過鴛鴦來吩咐道你把那石頭盆景兒和那架紗照屏還有個墨烟凍石鼎拿來這三樣擺在這案上就彀了再把那水墨字畫白綾帳子拿來把這帳子也換了鴛鴦答應着笑道這些東西都擱在東樓上不知那個箱子裡還得慢慢找去明兒再拿去也罷了賈母道明日後日都使得只別忘了說着坐了一回方出來一逕來至綴錦閣下文官等上來請過安因問演習何曲賈母道只揀你們熟的演習幾套罷文官等下來往藕香榭去不提這裡鳳姐已帶着人擺設齊整上面左右兩張榻榻上都鋪着錦裀蓉簟每一

榻前兩張雕漆几也有海棠式的也有梅花式的也有荷葉式的也有葵花式的也有方的有圓的其式不一一個上頭放着一分爐瓶一個攢盒上面二榻四几是賈母薛姨媽下面一椅兩几是王夫人的餘者都是一椅一几東邊劉老老劉老老之下便是王夫人西邊便是湘雲第二便是寶釵第三便是黛玉第四迎春探春惜春挨次排下去寶玉在末李紈鳳姐二人之几設於三層檻內二層紗櫥之外攢盒式樣亦隨几之式樣每人一把烏銀洋鏨自斟壺一個十錦琺瑯杯大家坐定賈母先笑道偺們先吃兩杯今日也行一個令纔有意思薛姨媽笑說道老太太自然有好酒令我們如何會呢安心叫我們醉了我們都多吃兩杯就有了賈母笑道姨太太今兒也過謙起來想是厭我老了薛姨媽笑道不是謙只怕行不上來倒是笑話了王夫人忙笑道便說不上來只多吃了一杯酒醉了睡覺去還有誰笑話偺們不成薛姨媽點頭笑道依令老太太到底吃一杯令酒纔是賈母笑道這個自然說着便吃了一杯鳳姐兒忙走至當地笑道既行令還叫鴛鴦姐姐來行纔好眾人都知賈母所行之令必得鴛鴦提着故聽了這話都說很是鳳姐便拉着鴛鴦過來王夫人笑道既在令內沒有站着的理回頭命小了頭子端一張椅子放在你二位奶奶的席上鴛鴦也半推半就謝了坐便坐下也吃了一鍾酒笑道酒令大如軍令不論尊

單惟我是主違了我的話是要受罸的王夫人等都笑道一定如此快些說鴛鴦未開口劉老老便下席擺手道別這樣捉弄人我家去了衆人都笑道這却使不得鴛鴦喝令小丫頭子們拉上席去小丫頭子們也笑着果然拉入席中劉老老只叫饒了我罷鴛鴦道再多言的罸一壺劉老老方住了鴛鴦道如今我說骨牌副兒從老太太起順領下去至劉老老止比如我說一副兒將這三張牌拆開先說頭一張再說第二張說完了合成這一副兒的名字無論詩詞歌賦成語俗話比上一句都要合韵錯了的罸一杯衆人笑道這個令好就說出來鴛鴦道有了一副了左邊是張天賈母道頭上有青天衆人道好鴛鴦道當中是個五合六賈母道六橋梅花香徹骨鴛鴦道剩了一張六合么賈母道一輪紅日出雲霄鴛鴦道湊成却是個蓬頭鬼賈母道這鬼抱住鍾馗腿說完大家笑著喝彩賈母飲了一杯鴛鴦又道又有一副了左邊是個大長五薛姨媽道梅花朶朶風前舞鴛鴦道右邊是個大五長薛姨媽道十月梅花嶺上香鴛鴦道當中二五是雜七薛姨媽道織女牛郎會七夕鴛鴦道湊成二郎遊五岳薛姨媽道世人不及神仙樂說完大家稱賞飲了酒鴛鴦又道有了一副了左邊長么兩點明湘雲道雙懸日月照乾坤鴛鴦道右邊長么兩點明湘雲道閑花落地聽無聲鴛鴦道中間還得么四來湘雲道日邊紅杏倚雲栽鴛鴦道

湊成一個櫻桃九熟湘雲道御園却被鳥啣出說完飲了一杯
鴛鴦道有了一副了左邊是長三寶釵道雙雙燕子語梁間鴛
鴦道右邊是三長寶釵道水荇牽風翠帶長鴛鴦道當中三六
九點在寶釵道三山半落青天外鴛鴦道湊成鐵鎖練孤舟寶
釵道處處風波處處愁說完飲畢鴛鴦又道左邊一個天黛玉
道良辰美景奈何天寶釵聽了回頭看着他黛玉只顧怕罰也
不理論鴛鴦道中間錦屏顏色俏黛玉道紗窗也沒有紅娘報
鴛鴦道剩了二六八點齊黛玉道雙瞻玉坐引朝儀鴛鴦道湊
成藍子好採花黛玉道仙杖香挑芍藥花說完飲了一口鴛鴦
道左邊四五成花九迎春道桃花帶雨濃衆人笑道該罰錯了

韻而且又不像迎春笑着飲了一口原是鳳姐和鴛鴦都要聽
劉老老的笑話兒故意都叫說錯了至王夫人鴛鴦便代說了
一個下便該劉老老劉老老道我們庄家閒了也常會幾個人
弄這個兒可不像這麼好聽就是了少不得我也試試衆人都
笑道容易說的你只管說不相干鴛鴦笑道左邊大四是個人
劉老老聽了想了半日說道是個庄家人罷衆人鬨堂笑了賈
母笑道說的好就是這麼說劉老老也笑道我們庄家人不過
是現成的本色兒姑娘姐姐別笑鴛鴦道中間三四綠配紅劉
老老道大火燒了毛毛蟲衆人笑道這是有的還說你的本色
鴛鴦笑道右邊么四真好看劉老老道一個蘿蔔一頭蒜衆人

又笑了鴛鴦笑道湊成便是一枝花劉老老兩隻手比着也要笑却又掌住了說道花兒落了結個大倭瓜衆人聽了由不的大笑起来只聽外面亂嚷嚷的不知何事且聽下回分解

紅樓夢第四十回終

大笑起來只聽外面亂嚷嚷的不知何事且聽下回分解

從形文筆住了詩道花兒落了剩個大股原來人聽了由不的

又添了驚訝來這寮成個是一枝枝圖畫中而毒中而音也宛

紅樓夢卷四十三終